AF460606

PAUL VALÉRY
DE L'ACADÉMIE FRANÇAISE

LETTRE SUR MALLARMÉ

ADRESSÉE A JEAN ROYÈRE

PARIS
Librairie Gallimard
ÉDITIONS DE LA NOUVELLE REVUE FRANÇAISE
MCMXXVIII

LETTRE SUR MALLARMÉ

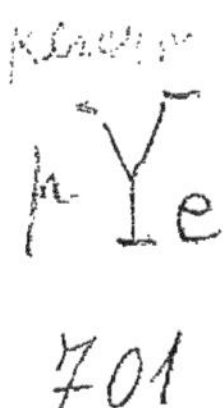

ŒUVRES DU MÊME AUTEUR

AUX ÉDITIONS DE LA NOUVELLE REVUE FRANÇAISE :

LA JEUNE PARQUE *(épuisé).*

— Deuxième édition dans la Collection *Une Œuvre, Un Portrait,* avec un portrait par Picasso *(épuisé).*

ODES, avec des ornements de Paul Vera *(épuisé).*

INTRODUCTION A LA MÉTHODE DE LÉONARD DE VINCI *(épuisé).*

LE SERPENT, 1 volume avec des ornements gravés sur bois par Paul Vera *(épuisé).*

LA SOIRÉE AVEC M. TESTE *(épuisé).*

— Deuxième édition dans la Collection *Une Œuvre, Un Portrait,* avec un portrait de M. Teste par M. Naudin *(épuisé).*

CHARMES, avec des ornements typographiques dans le style du XVIIe siècle *(épuisé).*

EUPALINOS ou l'Architecte, suivi de L'AME ET LA DANSE, 1 vol. orné de gravures d'après l'antique *(épuisé).*

EUPALINOS, 1 volume in-8 couronne.

VARIÉTÉ, 1 volume in-8 couronne.

UNE CONQUÊTE MÉTHODIQUE (collection *Une Œuvre, Un Portrait,* avec un portrait de Paul Valéry, gravé sur bois par G. Aubert d'après un croquis de l'auteur).

VERS ET PROSE, édition ornée d'aquarelles de Pierre Laprade.

CAHIER B. 1910.

MONSIEUR TESTE, 1 volume in-16 Jésus.

LA JEUNE PARQUE, 1 volume in-16 Jésus.

ALBUM DES VERS ANCIENS, 1 volume in-16 Jésus.

DISCOURS DE RÉCEPTION A L'ACADÉMIE FRANÇAISE.

SOUS PRESSE :

POÉSIES.

PAUL VALÉRY
DE L'ACADÉMIE FRANÇAISE

LETTRE SUR MALLARMÉ

ADRESSÉE A JEAN ROYÈRE

PARIS
Librairie Gallimard
ÉDITIONS DE LA NOUVELLE REVUE FRANÇAISE
MCMXXVIII

Il a été tiré de la présente édition 175 exemplaires, savoir :

Huit exemplaires sur papier de Chine, dont trois exemplaires hors commerce numérotés de I *à* III *et cinq exemplaires numérotés de 1 à 5.*

Onze exemplaires sur vieux japon teinté, dont un exemplaire hors commerce marqué IV *et dix exemplaires numérotés de 6 à 15.*

Trente et un exemplaires sur vergé Hollande Van Gelder, dont un exemplaire hors commerce marqué V *et trente exemplaires numérotés de 16 à 45.*

Cent vingt-cinq exemplaires sur vélin de Rives, dont vingt exemplaires hors commerce numérotés de VI *à* XXV *et cent cinq exemplaires numérotés de 46 à 150.*

Il a été tiré en outre trente exemplaires hors commerce sur Hollande Van Gelder, sous couverture spéciale de papier Ingres gris destinés à trente souscripteurs particuliers à tous les ouvrages de Paul Valéry qui paraîtront désormais, imprimés à leur nom, et contenant un autographe de l'auteur.

Mon cher Royère,

Vous *avez ſouhaité qu'une étude ſur Mallarmé, quoique toute pieuſe, profonde, et pleine d'amour comme vous l'aviez conçue et l'avez heureuſement achevée, ſ'ouvrît néanmoins par quelques feuillets d'une autre main que la vôtre, et vous m'avez demandé de les écrire.*

Mais que dire, ſur le ſeuil de ce livre, qu'il ne contienne, ou que je n'aie déjà exprimé, ou que tout le monde n'ait dit?

Ou que dire qui ne ſoit pour moi-même difficile à expliquer ſans longueur et ſans minutie; et pour le public, choſe abſtraite et pénible à lire.

Il m'eſt arrivé de conter çà et là divers ſouvenirs de notre Mallarmé; d'en reſtituer certaines intentions; de faire obſerver quelquefois l'étonnante durée de la réſonnance de ſa parole dans le monde penſant, encore après tant d'années écoulées depuis ſa mort. Mais je me ſuis toujours refuſé, m'oppoſant une quantité de raiſons puiſſantes, de compoſer un ouvrage qui traitât véritablement et abſolument de lui. Je ſens trop que je n'en pourrais parler à fond ſans parler exceſſivement de moi-même. Son œuvre me fut dès le premier regard, et pour toujours, un ſujet de merveille; et bientôt ſa penſée préſumée, un objet ſecret de queſtions infinies. Il a joué ſans le ſavoir un ſi grand rôle dans mon hiſtoire interne, modifié par ſa ſeule exiſtence tant d'évaluations en moi ; ſon action de préſence m'a aſſuré de tant de choſes, m'a confirmé dans tant de choſes; et davantage, elle m'a intimement interdit tant de choſes que je ne ſais enfin démêler ce qu'il fut de ce qu'il me fut.

Il n'eſt de mot qui ne vienne plus aiſément ni plus ſouvent ſous la plume de la critique que le mot d'influence, et il n'eſt point de notion plus vague parmi les vagues notions qui compoſent l'armement illuſoire de l'eſthétique. Rien toutefois dans l'examen de nos productions qui intéreſſe plus philoſophiquement l'intellect et le doive plus exciter à l'analyſe que cette modification progreſſive d'un eſprit par l'œuvre d'un autre.

Il arrive que l'œuvre de l'un reçoive dans l'être de l'autre une valeur toute ſingulière, y engendre des conſéquences agiſſantes qu'il était impoſſible de prévoir,* et qui ſe font aſſez ſouvent

* C'est par quoi l'influence se distingue assez de l'imitation.

impoſſibles à déceler. Nous ſavons d'autre part, que cette activité dérivée eſt eſſentielle à la production dans tous les genres. Qu'il ſ'agiſſe de la ſcience ou des arts, on obſerve, ſi l'on ſ'inquiète de la génération des réſultats, que toujours ce qui ſe fait répète ce qui fut fait, ou le réfute; le répète en d'autres tons, l'épure, l'amplifie, le ſimplifie, le charge ou le ſurcharge; ou bien le rétorque, l'extermine, le renverſe, le nie, mais donc le ſuppoſe, et l'a inviſiblement utiliſé. Le contraire naît du contraire.

Nous diſons qu'un auteur eſt original quand nous ſommes dans l'ignorance des tranſformations cachées qui changèrent les autres en lui; nous voulons dire que la dépendance de ce qu'il fait à l'égard de ce qui fut fait eſt exceſſivement complexe et irrégulière. Il y a des œuvres qui ſont les ſemblables d'autres œuvres; il en eſt qui n'en ſont que les inverſes; il en eſt d'une relation ſi compoſée avec les productions antérieures, que nous nous y perdons et les faiſons venir directement des dieux.

(Il faudrait pour approfondir ce sujet, parler aussi de l'influence d'un esprit sur soi-même, et d'une œuvre sur son auteur. Mais ce n'est point le lieu.)

Quand un ouvrage, ou toute une œuvre, agit sur quelqu'un non par ses qualités, mais par certaine ou certaines d'entr'elles, c'est alors que l'influence prend ses valeurs les plus remarquables. Le développement séparé d'une qualité de l'un par toute la puissance de l'autre manque rarement d'engendrer des effets d'extrême originalité.

C'est ainsi que Mallarmé, développant en soi quelques-unes des qualités des poètes romantiques et de Baudelaire, observant en eux ce qu'ils contenaient de plus exquisement accompli, se donnant pour loi constante d'obtenir en chaque point des résultats qui étaient rares, singuliers, et comme de pure chance chez eux, a peu à peu déduit de cette obstination dans le choix, de cette rigueur dans l'exclusion, une manière toute particulière ; et finalement une doctrine et des problèmes tout nouveaux, prodigieusement étrangers aux modes mêmes de sentir et de penser de ses pères et frères en poésie. Il a substitué au désir naïf, à l'activité instinctive ou traditionnelle (c'est à dire peu réfléchie) de ses prédécesseurs, une conception artificielle, minutieusement raisonnée, et obtenue par un certain genre d'analyse.

Je lui ai dit un jour qu'il était de la nature d'un grand savant. Je ne sais si le compliment fut de son goût, car il n'avait pas une idée de la science qui la lui rendît comparable à la poésie. Il les opposait au contraire. Mais moi, je ne pouvais ne pas faire un rapprochement qui me semblait inévitable entre la construction d'une science exacte et le dessein visible chez Mallarmé de reconstituer tout le système de la poésie au moyen de notions pures et distinctes, bien isolées par la finesse et la justesse de son jugement, et dégagées de la confusion que cause dans les esprits qui raisonnent sur les lettres la multiplicité des offices du langage.

Sa conception le conduiſait néceſſairement à enviſager et à écrire des combinaiſons aſſez éloignées de celles dont l'uſage commun fait la «clarté», et que l'accoutumance nous rend ſi faciles à entendre ſans preſque les avoir perçues. L'obſcurité qu'on lui trouve réſulte de quelque exigence par lui rigoureuſement maintenue, à peu près comme dans les ſciences il arrive que la logique, l'analogie et le ſouci de la conſéquence conduiſent à des repréſentations bien différentes de celles que l'obſervation immédiate nous a faites familières, et juſqu'à des expreſſions qui paſſent délibérément notre pouvoir d'imaginer.

Que Mallarmé ſans culture ni tendances ſcientifiques ſe ſoit riſqué dans des entrepriſes que l'on peut comparer à celles des ſciences du nombre et de l'ordre, qu'il ſe ſoit conſumé dans un effort merveilleuſement ſolitaire, qu'il ſe ſoit éloigné dans ſes penſées comme tout être qui creuſe ou ordonne les ſiennes ſ'éloigne des humains en ſ'éloignant de la confuſion et de la ſuperficie, ceci témoigne de la hardieſſe et de la profondeur de ſon eſprit ; ſans parler du courage extraordinaire de défier pendant toute ſa vie le ſort, le monde et les railleries, quand il lui eût ſuffi de ſe relâcher un peu de ſes vertus et de ſes volontés pour paraître auſſitôt ce qu'il était, — le premier poète de ſon temps.

Il faut ajouter ici que le développement de ſes vues perſonnelles généralement ſi préciſes a été retardé, troublé, embarraſſé par les idées incertaines qui régnaient dans l'atmoſphère littéraire, et qui ne laiſſaient pas de le viſiter. Son eſprit, pour ſolitaire et autonome qu'il ſe fût fait, avait reçu quelques impreſſions des preſtigieuſes et fantaſtiques improviſations de Villiers de l'Iſle-Adam, et jamais ne ſ'était tout à fait détaché d'une certaine métaphyſique, ſinon d'un certain myſticiſme difficile à définir. Mais par une remarquable réaction de ſa nature eſſentielle, il n'a pu qu'il n'ait tranſpoſé ces thèmes étrangers dans le ſyſtème de ſes penſées *authentiques et qu'il ne les ait accordés à la plus haute d'entr'elles qui lui était aussi la plus chère et la plus intime. C'est ainsi qu'il en est venu à vouloir donner à l'art d'écrire un sens universel, une valeur d'univers, et qu'il a reconnu que le suprême objet du monde, et la justification de son existence, — (pour autant que l'on accordât cette existence) était, ne pouvait être qu'un Livre.*

A l'âge encore assez tendre de vingt ans, et au point critique d'une étrange et profonde transformation intellectuelle, je subis le choc de l'œuvre de Mallarmé; je connus la surprise, le scandale intime instantané; et l'éblouissement; et la rupture de mes attaches avec mes idoles de cet âge? Je me sentis devenir comme fanatique; j'éprouvai la progression foudroyante d'une conquête spirituelle décisive.

La définition du Beau est facile: il est ce qui désespère. Mais il faut bénir ce genre de désespoir qui vous détrompe, vous éclaire, et comme diſait le vieil Horace de Corneille, — qui vous ſecourt.

J'avais fait quelques vers; j'aimais ce qu'il fallait aimer en poéſie vers 1889. L'idée de « perfection » avait encore force de loi, quoique dans un ſens plus ſubtil que le ſens plaſtique et trop ſimple qu'on lui avait donné dix et vingt ans avant. On n'avait pas encore eu la hardieſſe d'attribuer des valeurs, et même infinies, aux produits immédiats, imprévus, impréviſibles, que dis-je! — quelconques de l'inſtant. Le principe qu' « A tout coup l'on gagne » n'était point encore énoncé, et l'on n'eſtimait au contraire que les coups favorables, ou que l'on croyait tels. En un mot, on demandait alors à la poéſie qu'elle produisît une idée d'elle-même tout oppoſée à celle que la ſuite du temps a rendue ſéduiſante un peu plus tard; ce qui devait arriver.

Mais quels effets intellectuels nous faiſait en ce temps la révélation des moindres écrits de Mallarmé, et quels effets moraux!... Il y avait quelque choſe de religieux dans l'air de cette époque, où certains ſe formaient en ſoi-mêmes une adoration et un culte de ce qu'ils trouvaient ſi beau qu'il fallait bien le nommer ſurhumain.

L'Hérodiade, l'Après-Midi, les Sonnets, les fragments que l'on découvrait dans les Revues, que l'on ſe paſſait, et qui uniſſaient entr'eux ſe les tranſmettant des adeptes diſperſés ſur la France, comme les antiques initiés ſ'uniſſaient à diſtance par l'échange de tablettes et de lamelles d'or battu, nous conſtituaient un tréſor de délices incorruptibles, bien défendu par ſoi-même contre le barbare et l'impie.

En cette œuvre étrange, et comme abſolue, réſidait un pouvoir magique. Par le ſeul fait de ſon exiſtence, elle agiſſait comme charme et comme glaive. Elle diviſait d'un ſeul coup tout le peuple des humains qui ſavent lire. Son apparence d'énigme irritait inſtantanément le nœud vital des intelligences lettrées. Elle ſemblait immédiatement, infailliblement atteindre le point le plus ſenſible des conſciences cultivées, ſurexciter le centre même où exiſte et ſe réſerve je ne ſais quelle charge prodigieuſe d'amour-propre, et où réſide ce qui ne peut pas souffrir de ne pas comprendre.

Le nom ſeul de l'auteur ſuffiſait à tirer des gens d'intéreſſantes réactions : de la ſtupeur, des ironies, de ſonores colères ; parfois des témoignages d'impuiſſance ſincères et comiques. Il en était qui invoquaient nos grands claſſiques leſquels n'auraient jamais imaginé dans quelle proſe il devait arriver un jour qu'on les adjurât. D'autres jouaient du rire ou du ſourire, et ſe retrouvaient auſſitôt, (par ces heureux accidents des muſcles de la face qui nous aſſurent de notre liberté) toute la ſupériorité immédiate qui permet de vivre aux perſonnes qui se ſuffiſent. Rares ſont les mortels qui ne ſont point bleſſés de ne pas comprendre, et qui l'acceptent bonnement comme on accepte de ne pas entendre une langue ou l'algèbre. On peut exiſter ſans cela.

L'obſervateur de ces phénomènes jouiſſait de conſidérer un beau contraſte : une œuvre profondément méditée, la plus volontaire et la plus conſciente qui fut jamais, déchaînant une quantité de réflexes.

C'eſt que, dès le regard jeté ſur elle, cette œuvre ſans ſeconde touchait et ſ'attaquait à la convention fondamentale du langage ordinaire : Tu ne me lirais pas ſi tu ne m'avais déjà compris.

Je vais faire à préſent un aveu. Je confeſſe, je conſens que tous ces gens de bien qui proteſtaient, qui ſe moquaient, qui ne percevaient pas ce que nous percevions étaient dans des états bien légitimes. Leur ſentiment était dans l'ordre. Il ne faut pas craindre de dire que le domaine des Lettres n'eſt qu'une province du vaſte empire des divertiſſements. On prend un livre, on le laiſſe ; et même quand on ne peut le quitter, on ſent bien que cet intérêt tient à la facilité du plaiſir.

C'eſt dire que tout l'effort d'un créateur de beautés et de fantaiſies doit ſ'employer ſelon l'eſſence même de ſon travail, à élaborer pour le public des jouiſſances qui ne demandent point d'effort, ou preſque point. C'eſt du public qu'il doit déduire ce qui touche, remue, careſſe, anime ou ravit le public.

Mais il y a cependant pluſieurs publics : parmi leſquels il n'eſt pas impoſſible d'en trouver quelqu'un qui ne conçoive pas de plaiſir ſans peine, qui n'aime point de jouir ſans payer, et même qui ne ſe trouve pas heureux ſi ſon bonheur n'eſt en partie ſon œuvre propre dont il veut reſſentir ce qu'elle lui coûte. D'ailleurs il arrive qu'un public tout ſpécial ſe puiſſe former.

Mallarmé créait donc en France la notion d'auteur difficile. Il introduiſait dans l'art l'obligation de l'effort intellectuel. Par là, il relevait la condition de lecteur, et avec une admirable intelligence de la véritable gloire, il ſe choiſiſſait parmi le monde ce petit nombre d'amateurs particuliers qui l'ayant une fois goûté ne pourraient plus ſouffrir de poèmes impurs, immédiats et ſans défenſe. Tout leur ſemblait naïf et lâche après qu'ils l'avaient lu.

Ces petites compoſitions merveilleuſement achevées ſ'impoſaient comme des types de perfection, tant les liaiſons des mots avec les mots, des vers avec les vers, des mouvements avec les rythmes étaient aſſurées, tant chacune d'elles donnait l'idée d'un objet en quelque ſorte abſolu, dû à un équilibre de forces intrinſèques, ſouſtrait par un prodige de combinaiſons réciproques à ces vagues velléités de retouche et de changements que l'eſprit pendant ſes lectures conçoit inconſciemment devant la plupart des textes.

L'éclat de ces ſyſtèmes criſtallins, ſi purs et comme terminés de toutes parts, me faſcinait. Ils n'ont point la tranſparence du verre, ſans doute; mais rompant en quelque ſorte les habitudes de l'eſprit ſur leurs facettes et dans leur denſe ſtructure, ce qu'on nomme leur obſcurité n'eſt en vérité, que leur réfringence.

J'eſſayais de me repréſenter les chemins et les travaux de la penſée de leur auteur. Je me diſais que cet homme avait médité ſur tous les mots, conſidéré, énuméré toutes les formes. Je m'intéreſſais peu à peu à l'opération d'un eſprit ſi différent du mien plus encore, peut-être, qu'aux fruits viſibles de ſon acte. Je me reconſtruiſais le conſtructeur d'une telle œuvre. Il me ſemblait qu'elle eût été indéfiniment réfléchie dans une enceinte mentale d'où rien n'eût eu licence de ſortir qui n'eût longuement vécu dans le monde des preſſentiments, des arrangements harmoniques, des figures parfaites et de leurs correſpondances ; monde préparatoire où tout ſe heurte à tout, et dans lequel le haſard temporiſe, ſ'oriente, et ſe criſtalliſe enfin ſur un modèle.

Une œuvre ne peut ſortir d'une ſphère ſi réfléchiſſante et ſi riche de réſonnances que par une ſorte d'accident qui la jette hors de la penſée. Elle tombe du réverſible dans le Temps.

Je concluais à un ſyſtème intérieur chez Mal-

larmé, ſyſtème qui devait ſe diſtinguer de celui du philoſophe ; et d'autre part de celui des myſtiques : mais non ſans analogie avec eux.

J'étais tout diſpoſé par ma nature, ou plutôt par un changement de nature qui venait de se produire en moi, à développer dans une voie aſſez ſingulière l'impreſſion due à des poèmes qui me manifeſtaient une telle préparation de leurs beautés qu'elles-mêmes, celles-ci pâliſſaient devant l'idée qu'elles me donnaient de ce travail caché.

J'avais penſé et naïvement noté, peu de temps auparavant cette opinion en forme de vœu : que ſi je devais écrire, j'aimerais infiniment mieux écrire en toute conſcience et dans une entière lucidité quelque choſe de faible, que d'enfanter à la faveur d'une tranſe et hors de moi-même un chef-d'œuvre d'entre les plus beaux.

C'eſt qu'il me paraiſſait qu'il y eût déjà beaucoup de chefs-d'œuvre et que le nombre des productions de génie n'était pas ſi petit qu'il y eût grand *intérêt à déſirer de l'augmenter. Je penſais, avec un peu plus de préciſion, qu'un ouvrage réſolument voulu et cherché dans les haſards de l'eſprit par ordre et par une analyse obſtinée de conditions définies et d'avance preſcrites, quelle qu'en fût enſuite la valeur extérieure une fois produit, ne laiſſait pas ſon créateur ſans l'avoir modifié en lui-même, contraint de ſe reconnaître et en quelque ſorte de ſe réorganiſer. Je me diſais que ce n'eſt point l'œuvre faite et ſes apparences ou ſes effets dans le monde, qui peuvent nous accomplir et nous édifier, mais ſeulement la manière dont nous l'avons faite. L'art et la peine nous augmentent ; mais la muſe et la chance ne nous font que prendre et quitter.*

Par là, je donnais à la volonté et aux calculs de l'agent une importance que je retirais à l'ouvrage. Ce qui ne veut pas dire que je conſentais qu'on négligeât celui-ci ; mais bien le contraire.

Cette penſée atroce, et fort dangereuſe pour les Lettres ; (mais ſur laquelle je n'ai jamais varié) ſ'uniſſait et ſ'oppoſait curieuſement à mon admiration pour un homme qui n'allait en ſuivant la ſienne, à rien de moins qu'à diviniſer la choſe écrite. Ce que j'aimais le plus en lui, c'était le caractère eſſentiellement volontaire, cette tendance abſolutiſte démontrée par l'extrême perfection du travail. Le travail ſévère, en Littérature, ſe manifeſte et ſ'opère par des refus. On peut dire qu'il eſt meſuré par le nombre des refus. Que ſi l'étude de la fréquence et de l'eſpèce des refus était poſſible, elle ſerait d'une reſſource capitale pour la connaiſſance intime d'un écrivain, puiſqu'elle nous éclairerait la diſcuſſion ſecrète qui ſe livre, au moment d'une œuvre, entre le tempérament, les ambitions, les préviſions de l'homme, et d'autre part, les excitations et les moyens intellectuels de l'inſtant.

La rigueur des refus, la quantité des ſolutions que l'on rejette, des poſſibilités que l'on ſ'interdit, manifeſtent la nature des ſcrupules, le degré de conſcience, la qualité de l'orgueil, et mêmement, les pudeurs et *diverſes craintes que l'on peut reſſentir à l'égard des jugements futurs du public. C'eſt en ce point que la littérature rejoint le domaine de l'éthique; c'eſt dans cet ordre de choſes que peut ſ'y introduire le conflit du naturel et de l'effort, qu'elle obtient ſes héros et ſes martyrs de la réſiſtance au facile; que la vertu ſ'y manifeſte, et donc quelquefois l'hypocriſie.*

Mais cette volonté de rebuter ce qui n'eſt pas conforme à la loi que l'on ſ'eſt donnée, il arrivera qu'elle exerce une telle contrainte ſur ſon homme que les œuvres indéfiniment reviſées et conduites ſans conſidération des peines et du temps ſe faſſent rariſſimes; et qu'en dépit de la denſité qu'elles acquièrent, l'accuſation de ſtérilité ſoit jetée à leur auteur exceſſivement difficile pour ſoi. La plupart des choſes qui ſ'impriment ſont ſi naïvement fragiles, ſi arbitraires et filles d'un monologue ſi perſonnel; la plupart ſont ſi aiſées à inventer par quiconque, ſi faciles à transformer, à omettre, à nier et même à rendre moins vaines, et l'on imprime tant, qu'il eſt incroyable que l'on faſſe à quelqu'un le reproche de ne pas ajouter aſſez à l'amas immenſe des livres parce qu'il prend le temps de réduire les ſiens à leur eſſence. Mais ce qu'il y a de bien plus remarquable, c'eſt que le blâme ne vient point des amateurs de cette œuvre reſtreinte dont on comprendrait qu'ils ſe plaignent qu'on leur meſure leur plaiſir ; mais au contraire, ce ſont les autres, et qui ſ'indignent qu'elle exiſte, et de plus, qu'on leur en donne trop peu.

Mallarmé le ſtérile ; Mallarmé le précieux ; Mallarmé le très obſcur ; mais Mallarmé le plus conſcient ; Mallarmé le plus parfait ; Mallarmé le plus dur à soi-même de tous ceux qui ont tenu la plume, me procurait dès les premiers regards que j'adreſſais aux Lettres, une idée en quelque ſorte ſuprême, une idée-limite ou une idée-ſomme de leur valeur et de leurs pouvoirs.

Me rendant plus heureux que Caligula, il m'offrait à conſidérer une tête en laquelle ſe réſumait tout ce qui m'inquiétait dans l'ordre de la littérature ; tout ce qui m'attirait, tout ce qui la ſauvait à mes yeux. Cette tête ſi myſtérieuse avait peſé tous les moyens d'un art univerſel ; et connu, et comme aſſimilé, les bonheurs et les diverſes amertumes et les déſeſpoirs les plus purs que l'extrême déſir ſpirituel engendre ; elle avait éliminé de la poéſie les preſtiges groſſiers ; jugé et exterminé au ſein de ſes longs et profonds ſilences, les ambitions particulières, pour ſ'élever à concevoir et à contempler un principe de toutes les œuvres poſſibles ; elle ſ'était trouvé au plus haut de ſoi-même un inſtinct de domination de l'univers des mots ; tout comparable à l'inſtinct des plus grands hommes de penſée qui ſe ſont exercés à ſurmonter par l'analyſe et la conſtruction combinées des formes, toutes les relations poſſibles de l'univers des idées, ou de celui des nombres et des grandeurs.

Voilà ce que je prêtais à Mallarmé; un aſcétiſme conforme, peut-être, à mes jugements ſur les Lettres que j'ai toujours regardées avec de grands doutes ſur leur vraie valeur. Comme l'enchantement qu'elles peuvent produire chez les autres implique, par la nature même du langage, une quantité de mépriſes et de malentendus ſi néceſſaires que la tranſmiſſion directe et parfaite de la penſée de l'auteur, ſi elle était poſſible, entraînerait la ſuppreſſion, et comme l'évanouiſſement des plus beaux effets de l'art, il en réſulte, pour celui qui ſ'attarde en cette réflexion, je ne ſais quel ennui de ſe dépenſer à ſpéculer ſur l'inexact et à tenter de provoquer autrui à des émotions et à des penſées étonnantes pour nous-mêmes, comme le ſeraient les conſéquences d'un acte irréfléchi. Ces réactions incalculables du lecteur fuſſent-elles, comme il arrive, favorables à notre ouvrage, et quand elles ſeraient infiniment douces à notre vanité heureuſement ſurpriſe, l'orgueil profond ſe plaint d'être offenſé dans ſa rigueur. Il ne veut point d'une gloire qui ne ſoit qu'une dépendance accidentelle et extérieure de la perſonne, et il ne nous épargne pas de nous faire ſentir toute la différence qu'il met entre l'Être et le Paraître.

J'étais conduit par ces étranges remarques à ne plus accorder qu'une valeur de pur exercice à l'acte d'écrire ; ce jeu fondé ſur les propriétés du langage re-définies à cette fin et généraliſées avec préciſion, devant tendre à nous faire très libres et très ſûrs dans ſon uſage, et très détachés des illuſions que ce même uſage engendre, et ſur leſquelles vivent les Lettres, - et les hommes.

Ainſi ſ'éclairciſſait à moi-même le conflit qui était ſans doute en puiſſance dans ma nature, entre un penchant pour la poéſie, et le beſoin bizarre de ſatiſfaire à l'enſemble des exigences de mon eſprit. J'ai eſſayé de préſerver l'un et l'autre.

Je vous le diſais tout à l'heure, mon Cher

Royère, que je ne pourrais penſer à Mallarmé ſans égotisme. Il faut donc que j'arrête ici ce mélange de réflexions et de ſouvenirs. Peut-être eût-il été de quelque intérêt de pourſuivre, dans le détail et la profondeur, l'analyſe d'un cas particulier d'influence, de faire voir les effets directs et contraires d'une certaine œuvre ſur un certain eſprit, et comment l'extrême d'une tendance eſt répondu par l'extrême d'une autre ; mais il eſt grand temps que je ceſſe d'interpoſer des conſidérations perſonnelles ou trop abſtraites entre le lecteur et un ouvrage où vos ſentiments les plus ſolides, vos penſées les plus conſtantes, vos dons les plus élevés ſe compoſent en un monument admirable à la gloire et à la mémoire de Mallarmé.

ACHEVÉ D'IMPRIMER
LE TRENTE MARS MIL NEUF CENT VINGT-HUIT
PAR LOUIS KALDOR
MAITRE IMPRIMEUR
A PARIS.

—

EXEMPLAIRE

N° XXIII

www.ingramcontent.com/pod-product-compliance
Ingram Content Group UK Ltd.
Pitfield, Milton Keynes, MK11 3LW, UK
UKHW020219180726
13838UKWH00005B/2085